Der kleine Drache Flitze Feuerzahn

Ein heißer Wintertag

Matthias Riehl

Der kleine Drache

Flitze Feuerzahn

Ein heißer Wintertag

Boje Verlag

Zeichnungen und Einband von Klaus Witt

Erste Auflage 1986

Printed in Germany
ISBN 3 414 83157 0

Inhalt

Das Nest im Wald

Das war ein dichter, finsterer Wald! Und kaum ein Mensch kam je dorthin. Warum kaum ein Mensch dorthinkam? Weil der Wald von Autobahnen ganz umschlossen war.

Kein Wunder, daß es in diesem finsteren Wald aufregende Dinge gab, zum Beispiel das letzte Drachennest der Welt. Zwei riesige geflügelte Drachen hausten dort. Genauer gesagt: Sie hatten dort gehaust. Was Drachen sind? Nun, das weiß schließlich jeder. Es sind sehr gefährliche Wesen, die Feuer speien und einen giftigen Atem haben. Sie sehen aus wie Krokodile, Löwen, Schlangen und Raubvögel in einem, groß und furchterweckend.

Aber es gibt natürlich auch kleine und

ganz kleine. Und in diesem dichten, finsteren Wald ließen böse Dracheneltern ihr Kind, den kleinen grünen Drachen Flitze Feuerzahn, zurück.
Weshalb sie Flitze Feuerzahn zurückließen? Weil ihm keine Flügel gewachsen waren und er nur mit einem Zahn ein bißchen Feuer speien konnte. Außerdem wurde er seit Jahren keinen Zentimeter größer. Was sollte man mit so einem Kind?
Doch zum Glück hatte Flitze Feuerzahn inzwischen ein paar Freunde gefunden: den Raben Raps, die Kinder Stefanie und Jakob und Käpt'n Buddelmann.

Überraschende Nachricht

„Aber das kann doch nicht wahr sein“, sagte Flitze Feuerzahn. Er saß im Nest und blies seinen warmen Atem in die erstarrten Vorderpfoten. Wobei ihm beinahe ein Feuerstrahl entfahren wäre.
Hatte es jemals einen derart kalten Winter gegeben? Doch der kleine Drache irrte sich. Alle Winter vorher waren so gewesen. Das war ihm nur nicht aufgefallen, weil die Eltern mit im Nest gesessen hatten. Und nun war er allein.
Mühselig nahm er sich auch die Hinterpfoten vor.
Die Luft war still. Die Luft war klar. Nur von Zeit zu Zeit schoben sich kleine Wolken vor die Sonne. Und ein paar Schneeflocken fielen. Zum Beispiel jetzt, als Rabe Raps an-

geflogen kam.
„Leise rieselt der Schnee“, krächzte Rabe Raps. Er war ohne Zweifel in guter Stimmung. Worüber sich der kleine grüne Drache ein ganz klein wenig ärgerte. Denn ihm waren ja keine Flügel gewachsen. Er konnte sich nicht warmfliegen über dem Wald und den verschneiten Feldern und Wiesen. Außerdem fand Raps jederzeit Gesellschaft. Er brauchte nur hoch genug aufzusteigen und sich umzuschauen.
„Grüß dich, Flitze!“ rief Rabe Raps und hockte sich auf den Nestrand. „Ist das nicht ein herrlicher Wintertag!“ Er sang sein Lied weiter: „Still und starr liegt der See.“
Still und starr! Das konnte man wohl sagen. Alles war seit Wochen still und starr.
Rabe Raps versuchte, den Freund aufzuheitern. „Leise schnieselt das Reh.“
Flitze Feuerzahn war nicht nach Scherzen zumute. „Guten Tag, Raps“, erwiderte er so

freundlich wie möglich und fügte dann rasch hinzu: „Dir macht der Winter nichts aus. Du mußt nicht Tag und Nacht in einem eiskalten Nest sitzen. Du kannst deine Flügel ausbreiten..."

Rabe Raps unterbrach: „Schwingen, bitte!"

Ob nun Flügel oder Schwingen: Das war eigentlich ganz egal. Doch seit Rabe Raps zufällig einen der letzten Adler gesehen hatte, bestand er auf „Schwingen".

Der kleine grüne Drache blies jetzt gegen seinen Bauch. Was dort ein merkwürdiges Knurren erzeugte. Denn sein Magen wurde seit langem nur recht ungenügend gefüllt.

„Moment, Moment! Ich habe ja was für dich!" rief Rabe Raps. „Ich wußte nur nicht, ob du noch schläfst. Und darum habe ich es erst mal an einen hohen Baum gehängt."

Was Rabe Raps an einen hohen Baum ge-

hängt hatte? Eine Plastiktüte. Er hatte sie hinter einem Bauernhaus gefunden und mit einem Dutzend Maiskolben gefüllt.
Rabe Raps startete und kam sogleich mit der Tüte zurück. „Auf einem Feld gepflückt, das wegen der Fasane nicht abgeerntet wurde", berichtete er.
Der Mais war natürlich gefroren. Doch wenn man sich ein oder zwei Stündchen daraufsetzte, ließ er sich ohne Schwierigkeiten genießen. Er schmeckte bestimmt auch ziemlich gut.
„Danke, Raps", murmelte Flitze Feuerzahn. Ihm schlich eine Träne ins Auge, weil er über sich ärgerlich war. „Danke, Raps!"
Für ein wenig Verpflegung war also gesorgt. Doch die Langeweile blieb. Wenn sich wenigstens Käpt'n Buddelmann mal wieder an der Autobahn zeigen würde!
Rabe Raps erbot sich, zum Elsterplatz zu fliegen und nach Käpt'n Buddelmann zu

sehen, doch das war dem kleinen grünen Drachen peinlich. Aber Raps konnte ja ganz zufällig dort vorbeigekommen sein. Und schon stieg dieser wieder auf.
Nach einer guten Stunde kehrte er mit einer überraschenden Nachricht zurück. Rabe Raps hatte nicht nur Käpt'n Buddelmann, sondern auch Stefanie und Jakob angetroffen. Die beiden hatten Weihnachtsferien und waren gerade bei ihrem Großonkel Berthold zu Besuch.
„Sie wollen mit dir einen Winterausflug machen!" verkündete Raps.
„Aber den machen sie doch nicht nur meinetwegen?"
„Ob deinetwegen oder ihretwegen: Um zwölf Uhr sind sie da."
Ein Winterausflug! Der kleine grüne Drache dachte nach. Er hatte noch nie in seinem Leben einen richtigen Winterausflug gemacht. Aber wenn Rabe Raps mit von der

Partie war?
Rabe Raps hatte eigentlich keine übermäßige Lust. Denn was sollte er mit Vierbeinern und Zweibeinern in dieser Jahreszeit anfangen, wenn diese nicht fliegen konnten? Seine Wintervergnügen fanden in den Lüften statt.
„Nun sei kein Frosch", bettelte Flitze Feuerzahn. Seine Mutter hatte früher manchmal zum Vater gesagt, er solle kein Frosch sein. Zum Beispiel, wenn dieser sich weigerte, an gemütlichen Abenden schaurige Drachenlieder zu singen. Wobei jedem seiner zwei Köpfe eine eigene Tonlage zugeordnet war.
Raps schüttelte unwillig den Rabenkopf. Schon wegen des Wortes „Frosch". Er aß nämlich saftige Frösche gern.
„Du kannst ja im Auto mitfahren", lockte Flitze Feuerzahn.
Doch damit hatte er nun ganz und gar da-

nebengegriffen. Denn Rabe Raps verabscheute Autos. Zu oft fielen denen Vögel zum Opfer. Zu oft kam man gerade noch mit einem verzweifelten Emporschnellen davon.

Der kleine grüne Drache ließ nicht locker. Er erklärte seinem Freund, daß Drachen im Winter gewisse Hemmungen hätten, weil alles so unheimlich und so leer aussähe. „Wir sind keine Winterwesen", erklärte er, „oder hast du schon mal irgendwo auf einem Bild einen Drachen im Schnee gesehen?"

Rabe Raps konnte sich nicht erinnern.

Wie spät war es inzwischen wohl? Er blickte zur Sonne hinauf. Sie erreichte bald ihren höchsten Stand. „Ich glaube, wir müssen jetzt los. Es ist gleich zwölf", sagte er. „Also, du kommst mit?"

„Wollen mal sehen, wie sich alles entwikkelt."

Flitze Feuerzahn sprang aus dem Nest. Acht Minuten darauf war er mit seinem Freund an der Autobahn.
Käpt'n Buddelmann fuhr gerade mit Stefanie und Jakob auf den Parkplatz.
Die drei stiegen fröhlich aus. Stefanie hatte eine rote Pudelmütze auf dem Kopf, Jakob eine gelbe. Und da beide dicke Schals trugen, konnte man nicht sogleich erkennen, wer nun Stefanie und wer Jakob war.
„Von Witwe Kraft!" rief Jakob Rabe Raps entgegen. Er hielt ihm eine rot-weiße Mütze hin. „Damit du nicht am Kopf frierst. Du kannst sie übrigens behalten."
Stefanie reichte Flitze Feuerzahn ein weißes Hemdchen, auf das sie ein rotes „F" geklebt hatte.
Nun, so ganz begeistert zeigten sich der kleine grüne Drache und der Rabe Raps über die Kleidungsstücke nicht. Weil sie ganz normale Tiere sein wollten. Und weil

Flitze Feuerzahn auch oft ein bißchen zum Fürchten aussehen mußte. Doch um die Kinder nicht zu kränken, nahmen sie die Sachen an und versprachen, sie stets zu tragen, wenn man im engsten menschlichen Familienkreis war.

„Kinder, ich kenne einen Platz, an dem wir uns ungestört amüsieren können!" strahlte Käpt'n Buddelmann. Er malte mit dem Finger auf das vereiste Autodach seinen Namen, damit Rabe Raps beim Mitfliegen die vier nicht aus dem Auge verlor.

Stefanies hervorragender Plan

Der kleine grüne Drache hatte sich das Hemdchen übergezogen und saß zu Füßen der Kinder. Sie fuhren erst eine Weile auf der Autobahn, dann zwei Landstraßen entlang und schließlich in einen Waldweg hinein, bis das Auto beinahe im Schnee steckenblieb.

„Leise schnieselt das Reh", sang Flitze Feuerzahn. Worüber die Kinder und ihr Onkel Berthold lachen mußten.

Käpt'n Buddelmann stieg als erster aus. Er reichte Rabe Raps die Mütze. Raps war auf dem Autodach gelandet.

„Und jetzt machen wir zunächst ein Picknick im Wald!" verkündete Käpt'n Buddelmann.

Er öffnete den Kofferraum und blickte hinein. Dort stand eine wohlgefüllte Tasche, die Witwe Kraft am Elsterplatz gepackt hatte. Was in der Tasche alles enthalten war? Hartgekochte Eier, Kartoffelsalat, Buletten, heißer Kaffee, heißer Kakao und kalte Limonade. Und natürlich eine Büchse mit belegten Broten.

Schon bei den hartgekochten Eiern wurde Rabe Raps hellhörig. Weil dies seine Lieblingsspeise war.

„Und mit all dem setzen wir uns in den Schnee?" fragte Jakob mißmutig. Er fror hinten sehr schnell.

Käpt'n Buddelmann hörte nicht hin, sondern betrachtete das Gelände.

Schon hatte er eine mächtige Tanne entdeckt, deren niedrigste Äste im dicken Schnee staken. Er holte einen kleinen Spaten und eine Müllschippe aus dem Kofferraum. „Um den Stamm herum wird jetzt eine Schneehöhle gebaut!"

Onkel Berthold verstand nicht nur viel von der Seefahrt: Er hatte auch im Gebirge Erfahrung. Denn ein Freund von ihm besaß eine Berghütte, von der aus die beiden schon viele Touren unternommen hatten. „Solch eine einfache Höhle ist dort der beste Schutz", sagte er, „man bleibt schön warm und ist vor Wind und Wetter sicher."
Flitze Feuerzahn wurde beauftragt, mit den Pfoten einen ersten Graben bis zum Stamm zu schaufeln. Was ihm großen Spaß machte. Der Schnee flog nur so nach hinten weg und wurde auch noch mit dem Schwanz in die Höhe geschleudert.
„Du könntest als Schneepflug gehen", bewunderte ihn Jakob.
Daraufhin traten Müllschippe und Spaten in Aktion. Rabe Raps konnte leider nicht allzuviel helfen. Aber er hatte auch keine besondere Lust, später in die Höhle zu kriechen. Höhlen bedrückten ihn.

„So was könntest du dir doch auch in deinem Wald bauen, Flitze“, schlug Stefanie in einer Arbeitspause vor.
Das war eine ausgezeichnete Idee. Der kleine grüne Drache notierte sie sich im Kopf.
Es dauerte kaum eine halbe Stunde, dann war die Höhle fertig. Jakob und Stefanie holten die Picknicktasche heran.
Der Kaffee war natürlich für Käpt'n Buddelmann und der Kakao für die Kinder. Flitze Feuerzahn ließ sich zwei Flaschen Limonade in sein Maul gießen. Er hatte noch niemals Limonade getrunken und verschluckte sich ein paarmal. Was dann zu Geräuschen führte, die von Käpt'n Buddelmann getadelt wurden.
Draußen vor der Höhle pellte sich Rabe Raps das dritte Ei.
Nachdem man ausgiebig geschmaust hatte, drängte es Käpt'n Buddelmann zu ei-

nem Schläfchen in der Höhle.
Vorher jedoch wollte er ein Zigarillo rauchen.
„Im Wald ist rauchen verboten“, belehrte ihn Jakob.
Grundsätzlich hatte Jakob selbstverständlich recht. Doch im Winter und in einer Schneehöhle konnte nun wirklich nichts passieren. Und so gab Flitze Feuerzahn dem Käpt'n Feuer.
„Aber nicht die Nase ankokeln!“ warnte Käpt'n Buddelmann.
Der kleine grüne Drache konnte die Kapitänsnase gar nicht ankokeln. Weil er sein Feuer sehr vorsichtig von der Seite spie.
„Und was nun?“ Stefanie und Jakob fragten es zur gleichen Zeit.
Ja, was nun? „Jetzt könnt ihr euch in der schönen Winterluft tummeln“, gähnte Onkel Berthold. Er hatte Mühe, das Zigarillo im Mund zu halten.

Die drei verließen die Höhle. Stefanie spähte nach allen Seiten aus. Dann beschloß sie, einen Berghang zu besteigen. Um zu sehen, was dahinter war.

Jakob folgte ihr zögernd. Flitze Feuerzahn stapfte hinterher. Und Rabe Raps flog der Sonne entgegen.

„Achtung, Maul auf, Flitze!" schrie Jakob auf einmal. Er hatte sich gebückt und einen Schneeball geformt.

Der Schneeball flog auf den kleinen grünen Drachen zu. Artig hatte Flitze Feuerzahn das Maul geöffnet und klappte es gleich wieder zu. Nachdem er den Schneeball damit aufgefangen hatte.

„Hiii ... huuu!" heulte er auf.

Jakob blieb stehen. „Du hast den doch nicht etwa runtergeschluckt?"

Flitze Feuerzahn hatte den Schneeball hinuntergeschluckt. Aber Jakob tröstete ihn. Er wies darauf hin, wieviel Eis er in seinem Le-

F

ben schon verdrückt hatte. Ohne zu heulen.
„Pfui!" rief Stefanie zurück.
Doch im selben Augenblick hatte sie die beiden vergessen. Denn vor ihren Augen tat sich ein wundervoll sanfter Abhang auf. Ein idealer Platz für eine Schlittenfahrt.
„Schade, daß wir hier nicht rodeln können", sagte sie.
Ohne Schlitten war an Rodeln natürlich nicht zu denken. Doch Stefanie hatte plötzlich einen hervorragenden Plan: Konnte man Flitze Feuerzahn nicht als Rodelschlitten benutzen?
Ja, warum eigentlich nicht! Wenn er damit einverstanden war. Auf seiner gepanzerten Rückenhaut mußte er doch wie geschmiert über den festen Schnee gleiten. Vorausgesetzt, er zog dazu das Hemdchen aus.
Der kleine grüne Drache sah Stefanie und Jakob ängstlich an.
„Du brauchst dich nur auf den Rücken zu

legen, und wir setzen uns auf deinen Bauch", beruhigte ihn Stefanie.
„Nicht schlecht", überlegte Jakob. „Und wo soll sein Kopf hin?"
„Wo er immer ist. Vorne. Du hältst dich an den Hinterbeinen und ich mich an den Vorderbeinen fest."
Jakob wollte vor seiner Schwester sitzen, um mit Flitzes Kopf zu steuern.
„Und das nennt man rodeln?" fragte Flitze Feuerzahn. Ihm tat auf einmal sein Bauch wie am Morgen weh. Aber jetzt waren bestimmt die zwei Flaschen Limonade und der Schneeball daran schuld.
„Ich möchte eigentlich nicht rodeln", erklärte er. Er blickte nach oben. Wo war Rabe Raps? Konnte dieser ihm nicht sagen, ob Rodeln auch nicht gefährlich war?
„Kann ich nicht den Schwanz vorne haben?" Er versuchte Zeit zu gewinnen. Rabe Raps war nirgends zu sehen.

Stefanie und Jakob lachten nur. Denn mit dem Drachenschwanz vorne würden sie keinen Zentimeter nach unten kommen. Weil dieser wie eine Bremse wirkte.
„Nein, nein, der Schwanz bleibt hinten“, beendete Jakob das Gespräch. Er machte den kleinen grünen Drachen noch darauf aufmerksam, daß er und Stefanie sogleich zwei lebende Wärmflaschen auf seinem Bauch sein würden.
Die Kinder bestiegen Flitze Feuerzahn. Sie stießen sich mit den Füßen ab.

Hund Waldi und ein kleiner Blitz

Nein, war das eine prächtige Schlittenfahrt! Die Winterluft prallte gegen das Gesicht, die Schneelandschaft flog links und rechts vorbei.

„Das machen wir noch hundertmal!" jauchzte Stefanie.

„Was sagst du?"

„Ich sagte: Das machen wir noch hundertmal!" Stefanie rang nach Atem. „Denn dieser Schlitten läuft von alleine wieder hinauf", fügte sie hinzu, „und wir können uns dabei auf den Rücken von Flitze Feuerzahn setzen, wenn er nichts dagegen hat."

Der kleine grüne Drache wußte gar nicht, wie ihm geschah. Er hatte die Augen fest geschlossen und freute sich nicht einmal über die lebenden Wärmflaschen auf

seinem Bauch.
„Jetzt bist du wirklich ein Flitzer“, Jakob streichelte ihm die Backen, „mit dir sind wir olympiareif.“
Flitze Feuerzahn wollte nicht olympiareif sein. Da er aber spürte, wie sehr sich die Kinder vergnügten, wurde er ein bißchen stolz. Er wagte es jetzt sogar, den Kopf zu heben.
„Und wann sind wir unten?“ fragte er leise.
„Noch lange nicht“, teilte ihm Jakob mit.
Doch das stimmte nicht. Der Hang ging zu Ende. Und das gesamte Rodelvergnügen ging zu Ende, weil dort unten in bedrohlicher Haltung ein Mann stand: ein Mann mit einem Hund.
„Ist was?“ fragte Stefanie. Jakob hatte gebremst. Er zeigte auf den Mann.
„Aber wir haben doch nichts angestellt.“
„Für Erwachsene haben Kinder immer etwas angestellt“, belehrte seine Schwe-

ster Jakob. „Außerdem hat er einen Hund dabei."
Einen Hund? Der kleine grüne Drache begann zu zittern. Mit einem Hund hatte er bisher nichts zu tun gehabt.
Durch das Zittern fuhren sie die letzten Meter in Schlangenlinie. Dann stand das seltsame Gefährt still.
„Was macht ihr da?" rief der Mann streng. Er hatte den Hund zum Glück an der Leine.
„Wir rodeln. Das sehen Sie doch!" rief Jakob zurück.
„Rodeln ist hier verboten! Ich bin der Waldhüter Wagenknecht."
Weswegen sollte Rodeln hier verboten sein? Aber sicher war es nicht sonderlich klug, jetzt darüber zu streiten. Jakob und Stefanie blieben auf Flitze Feuerzahn sitzen und warteten, was nun geschah.
Es geschah etwas Unangenehmes. Der Waldhüter Wagenknecht löste die Leine

des Hundes und klopfte dem Tier auf das Hinterteil. „Los, Waldi! Sieh dir die Leute mal näher an!"

Hund Waldi trabte an. Der kleine grüne Drache zitterte nicht mehr, er schlotterte.

„Du hast doch nicht etwa Angst vor Hunden, Flitze!" zischte Jakob.

„Und wenn er mich beißt? Bitte schnell herunter, damit ich ihm meinen gepanzerten Rücken hinhalten kann!"

Stefanie und Jakob hielten nichts davon. Auf keinen Fall durfte dieser Waldhüter merken, daß sie auf einem lebenden Drachen saßen. Denn dann holte er ganz bestimmt die Polizei.

Hund Waldi war langsamer geworden und schnupperte unentwegt. Aber er kam Meter um Meter näher.

„Du mußt ihm deinen Feuerzahn zeigen, Flitze!" flüsterte Stefanie.

Das mit dem Feuerzahn war gut. Nur konn-

te der kleine grüne Drache den Kopf nicht richtig wenden. Er versuchte es, so weit es ging.
Doch Hund Waldi schreckte der Drachenzahn nicht. Er war nur noch zwei Meter von Flitze Feuerzahn entfernt.
„Dann spei einfach einen Feuerstrahl!" sagte Jakob.
Der kleine grüne Drache spie.
Und obwohl der Strahl zur Seite ging, zuckte Waldi wie beim Anblick eines Blitzes zusammen und machte auf der Stelle kehrt. Bellend und jaulend lief das Tier zu seinem Herrn zurück.
„Haben sie dich gehauen, Waldi?" fragte Waldhüter Wagenknecht.
Waldi antwortete nicht. Er hockte sich hin und bat darum, wieder an die Leine genommen zu werden.
Waldhüter Wagenknecht schlang die Leine um einen Baum und ging nun selbst auf

die Kinder zu.
Verwundert blieb er ein paar Schritte vor ihnen stehen, um sie dann mehrmals zu umkreisen. Hatte man so etwas schon mal gesehen? Worauf rodelten diese Kinder eigentlich?
„Das ist ein älteres Modell", beeilte sich Jakob zu erklären. Er zog Flitze Feuerzahn rasch seine Pudelmütze über.
„Ein älteres Modell?"
„Ja, ein sogenannter Drachenschlitten", meldete sich Stefanie. „Haben Sie noch nie einen Drachenschlitten gesehen?"
Waldhüter Wagenknecht hatte noch nie einen Drachenschlitten gesehen. Aber was dies auch für ein Modell war, er wollte den Schlitten beschlagnahmen, weil Rodeln eben hier verboten war.
„Was euch Oberwaldhüter Ziegenbein bestätigen wird. Ich hole ihn."
Stefanie und Jakob mußten ihre Vor- und

Nachnamen nennen. Dann hatten sie mit der Hand auf dem Herzen zu versprechen, diesen Ort nicht zu verlassen, bis Wagenknecht mit Ziegenbein zur Stelle war.
„Ehrensache", rief ihm Jakob nach, „denn wir sind uns keiner Schuld bewußt."
Und Stefanie setzte hinzu: „Wo kein Schild, da keine Schuld!"
Selbstverständlich dachten die beiden nicht im Ernst daran, auf die Rückkehr des Waldhüters zu warten. Im Nu waren sie mit Flitze Feuerzahn den Hang hinauf. Im Nu standen sie wieder vor der Schneehöhle. Blauer Tabaksqualm kam aus ihr heraus. Käpt'n Buddelmann hatte wunderbar geschlafen und sich danach ein zweites Zigarillo angezündet. Mit beifälligem Nicken hörte er von Flitze Feuerzahns Verwendung als Schlitten. Er selbst wäre darauf kaum gekommen. Mit ärgerlichem Kopfschütteln begleitete er den Bericht über Waldhüter

Wagenknecht und Hund Waldi.
„Kleine Beamte“, sagte er. „Aber zum Glück sind heute nur noch wenige so.“
Auf jeden Fall mußte mit Oberwaldhüter Ziegenbein zu rechnen sein. Rabe Raps wurde zu einem Erkundungsflug ausgeschickt. Er hockte schon seit langem neben der Höhle in der Sonne.
Tatsächlich war ein Mann in grünem Wams mit Ohrenschützern und Schirmmütze im Anmarsch. Er folgte Waldhüter Wagenknecht.
„Nun, dann wollen wir uns langsam auf den Heimweg machen“, entschied Onkel Berthold, „bevor es hier Ärger gibt.“
Die Reste des Picknicks wurden eingesammelt und ins Auto gebracht. Die Höhle ließ man so, wie sie war. Vielleicht fanden Hasen oder Füchse oder Rebhühner dort einen wärmenden Unterschlupf.
„Bestimmt nicht, solange es nach Zigarre

riecht“, warf Jakob ein.
Der kleine grüne Drache war anderer Meinung, denn er war geradezu verliebt in Onkel Bertholds Tabakduft.

Ein heißer Wintertag

Auf der Rückfahrt wollten Jakob und Stefanie unbedingt schnell eine Suppe essen. An was für eine Suppe sie dachten? Was es gerade irgendwo gab. Erbsen-, Bohnen-, Linsensuppe oder auch nur eine Fleischbrühe mit einem Ei darin.
Sie redeten so lange davon, bis Onkel Berthold auch Appetit bekam. Und so fand man schließlich eine Imbißstube an der Straße, in der so etwas angeboten wurde. Der kleine grüne Drache blieb natürlich im Auto. Rabe Raps zog weite Kreise in der Luft. In gewissen Abständen machte er „Rap... rap".
Plötzlich blieb Rabe Raps der Schnabel offenstehen, denn er sah einen schwankenden Mann, der in Käpt'n Buddelmanns

Auto stieg.
Was wollte dieser Mensch? Bestimmt nichts Gutes.
Der Mensch wollte Käpt'n Buddelmanns Auto haben. Oder zumindest damit fahren. Schon hatte er den Motor irgendwie gezündet. Schon fuhr der Wagen an und entschwand im Zickzackkurs auf der Straße, auf der man gekommen war.
Mit Flitze Feuerzahn.
Sofort war Rabe Raps am Fenster der Imbißstube. Eindringlich klopfte er gegen die Scheibe. Bis die Suppenesser auf ihn aufmerksam wurden. Sie stürzten alle drei hinaus.
„Das Auto ist weg!" krächzte Rabe Raps. Es fiel ihm vor Aufregung schwer, deutlich zu sprechen.
„Im Auto ist Dreck?" fragte Jakob. Doch dann erkannte er rasch mit den anderen, was geschehen war.

Käpt'n Buddelmann war verärgert, daß er sich zu einer Suppe hatte überreden lassen. Doch das nützte nun nichts mehr. „Polizei!" war sein erstes Wort.

Polizei? Stefanie, Jakob und Raps blickten ihn verdutzt an. Die Polizei konnte dem kleinen grünen Drachen Kopf und Kragen kosten. Bestimmt kam er zunächst ins Gefängnis und später für immer in den Zoo.

Käpt'n Buddelmann besann sich.

„Verfolge bitte diesen Dieb, Rabe Raps", bestimmte er, „wir warten auf dich in der Bude."

Nun, diese Verfolgung konnte Stunden dauern, wenn nicht gar Tage. Doch eine andere Möglichkeit gab es nicht.

Rabe Raps grüßte kurz mit dem rechten Bein und schwang sich in die Luft. Er hatte Glück.

Bereits nach sieben Kilometern sah er das Auto an einem Baum. Die linke Vordertür

stand offen. Der Dieb war weg.
Und Flitze Feuerzahn?
Ein wenig hatte der Aufprall den kleinen grünen Drachen schon mitgenommen, doch verletzt war er nicht. Dennoch dauerte es etwas, ehe er sich auf alle Ereignisse der letzten Minuten besinnen konnte.
„Du hast also gleich bemerkt, Flitze, daß das Auto gestohlen wurde?"
„Ich bin ja nicht dumm." Der kleine grüne Drache schilderte, wie er sich tief auf den Boden geduckt hatte. Aber sehr bald war ihm klar geworden, daß etwas passieren mußte.
„Und war dir nicht bange vor dem Dieb?"
Und ob ihm bange gewesen war! Weil dieser so gefährlich nach Alkohol roch. So daß er ganz unsicher wurde, ob er Feuer speien sollte oder nicht. Wegen einer möglichen Explosion.
„Und hast du gespien?"

„Aber nur in den Nacken. Was denkst du, wie der gleich auf die Bremse getreten ist!"
Auch der Dieb hatte selbstverständlich beim Aufprall an den Baum einen Schock bekommen, doch auch er blieb unverletzt. Der kleine grüne Drache hatte gesehen, wie er auf der Straße davongetorkelt war. Ein jammervolles Bild.
Flitze Feuerzahn kletterte aus dem Auto heraus und setzte sich in den Schnee. Ob das Auto wohl noch funktionierte? Nun, das würde man sogleich wissen, wenn Käpt'n Buddelmann benachrichtigt worden war. Rabe Raps schickte sich an, zurückzufliegen.
Doch plötzlich stutzte er. War das nicht in der Ferne ein Martinshorn? Kam nicht ein Streifenwagen der Polizei heran? Vielleicht hatte jemand den Unfall schon gemeldet oder die Polizisten waren in einem anderen Fall unterwegs.

„Jetzt mußt du aber auch weg, Flitze!" drängte Rabe Raps. „Versteck dich hier irgendwo im Wald!"
„Na, das ist ja ein heißer Wintertag!" sagte der kleine grüne Drache und suchte schon das Weite. Ein dichtes Kiefernwäldchen ganz in der Nähe bot einen guten Unterschlupf.
Die beiden Polizisten Alfons und Egon, die in dem Streifenwagen saßen, sahen nur noch einen Raben in der Winterluft verschwinden.
„Der Fahrer war betrunken, wie uns der Anrufer mitteilte, Alfons", sagte Egon. „Erblickst du eine Spur?"
Alfons erblickte keine Spur.
Das heißt, er erblickte doch eine Spur. Nämlich die von Flitze Feuerzahn.
„Das ist aber keine Menschenspur, und sie führt in den Wald hinein", sprach Alfons kopfschüttelnd vor sich hin.

Polizist Egon war auf der Polizeischule im Spurensichern immer besser als Polizist Alfons gewesen. Und darum überließ Alfons ihm die weitere Arbeit, die Egon aber keinen Spaß machte.
Eine Hundespur war es nicht. Eine Pferdespur war es ebenfalls nicht. Erstens trugen Pferde Hufe und zweitens saßen sie niemals in Autos.
Die tiefen Kralleneindrücke im Schnee wiesen auf einen großen Raubvogel hin. Doch Polizist Egon konnte sich nicht daran erinnern, auf der Schule etwas von vierbeinigen Vögeln gehört zu haben.
„Und wenn eine Raubkatze im Auto gewesen ist?" schaltete sich Alfons jetzt doch ein. „Ein Löwe, ein Tiger oder ein schwarzer Panther?" Entsetzt schaute er zum Kiefernwäldchen hin.
Raubkatzen schieden wegen der breiten Fußabdrücke wie die anderen Tiere aus.

Egon kam der Sache näher. „Ein Krokodil", murmelte er.
Es war zwar völlig unvorstellbar, daß im Winter ein Krokodil in einem Auto spazierengefahren wurde, aber um was für ein Wesen handelte es sich sonst?
„Wir sollten die Spur verfolgen", überlegte Polizist Egon.
Polizist Alfons hatte nicht die geringste Lust dazu. Er fürchtete Krokodile ebenso wie Schlangen, Kröten und Lurche aller Art. „Wir können die Spur ja auch verwischen", sagte er.
Doch dazu kam es nicht mehr, weil ein Taxi neben den beiden hielt. Onkel Berthold und die Kinder stiegen aus.

Kein Seemannsgarn

Polizist Egon und Polizist Alfons forderten Käpt'n Buddelmann und die Kinder zum Weitergehen auf. Es gäbe nichts zu sehen. Man sei mit Ermittlungen beschäftigt. Was sich leicht erkennen ließe.
Das Taxi war inzwischen abgefahren.
„Jawohl, ermitteln Sie genau!" ermunterte sie Käpt'n Buddelmann und stellte sich vor. „Denn das Auto hier ist mir gestohlen worden."
Die Beamten runzelten die Stirn. Ob Käpt'n Buddelmann sich ausweisen könne? Ob er Führerschein und Kraftfahrzeugschein vorlegen könne?
Käpt'n Buddelmann kam den Aufforderungen nach.
Während jetzt zufällig noch eine dritte

Amtsperson auftauchte: der Waldhüter Wagenknecht. Auch er stellte sich den Polizisten vor. Dann ging er auf Stefanie und Jakob zu. Natürlich hatte er Hund Waldi an der Leine neben sich.
„Habe ich euch nicht vorhin beim Rodeln in der Schonung erwischt?"
Jakob und Stefanie sahen ihn verständnislos an.
„Habt ihr nicht mit der Hand auf dem Herzen versprochen zu warten, bis Oberwaldhüter Ziegenbein zur Stelle ist?"
Die Gesichter der Kinder veränderten sich nicht.
Dann sagte Jakob: „Beim Rodeln?"
„Jawohl, auf einem altertümlichen Schlitten. Einem Drachenschlitten oder was das sonst angeblich war."
Hund Waldi schnupperte und winselte ein bißchen vor sich hin.
Jakob stieß seine Schwester an. „Siehst du

hier einen Schlitten, Stefanie?"
Stefanie wies auf ihren Großonkel und die Polizisten. „Aber vielleicht können die Herren einen entdecken?"
Niemand sah einen Schlitten. Und Waldhüter Wagenknecht wurde von den Polizisten aufgefordert, nicht ihre Arbeit zu behindern. Wenn er schon Waldhüter sei, solle er lieber die merkwürdige Spur enträtseln, die zu den Kiefern führte.
Waldhüter Wagenknecht ging um das Auto herum und hockte sich in den Schnee. „Ein Hirsch ist es nicht", sagte er.
Waldi winselte ein bißchen lauter vor sich hin.
„Es sieht mir mehr nach einem kleinen Krokodil aus", stellte Waldhüter Wagenknecht fest.
Ein Krokodil? Polizist Egon wurde aufmerksam. „Genau das habe ich auch vermutet", lobte er.

Nun wandten sich die Herren von der Polizei mit starrem Blick Käpt'n Buddelmann zu. Er möge ihnen unverzüglich Auskunft geben, was von ihm in seinem Auto transportiert worden sei.
Käpt'n Buddelmann lachte. „Meine Großnichte und mein Großneffe. Da stehen sie!"
„Und was bitte noch?"
Onkel Berthold dachte nach. Die Spur von Flitze Feuerzahn konnte er schließlich nicht bestreiten. Sie führte direkt aus seinem Auto heraus.
„Und dann hatten wir noch einen Drachen mit", sagte er.
Die Mienen von Polizist Alfons und Polizist Egon verfinsterten sich. Sollten sie hier in Ausübung ihres Dienstes auf den Arm genommen werden? Oder spann dieser ehemalige Kapitän mitten im Winterwald sein Seemannsgarn?
Polizist Alfons tippte mit dem Zeigefinger

an seinen Kopf. „Drachen gibt es nur im Märchen, Herr. Oder in Sagen!“
„Dann eben nicht“, erwiderte Käpt’n Buddelmann.
Die beiden Polizisten beschlossen, den Fall auch ohne Mithilfe des Kapitäns zu lösen. Sie baten Waldhüter Wagenknecht jetzt amtlich, mit Vor- und Umsicht die Spur aufzunehmen. Sie könnten leider von ihrem Fahrzeug nicht weg.
Waldhüter Wagenknecht war über die Bitte um Amtshilfe erfreut. „Such, Waldi!“ rief er, „such!“
Waldi verstand ihn offensichtlich nicht. Er legte sich einfach in den Schnee. Oder wollte er nicht suchen?
„Dann tun Sie das eben ohne Ihren Hund!“ ordnete Polizist Egon an.
Waldhüter Wagenknecht horchte auf. Eben war er noch gebeten worden, und jetzt gab man ihm einen Befehl? Den er als Ange-

stellter der Forstbehörde natürlich nicht auszuführen brauchte.
„Ich habe meine eigenen Verpflichtungen", gab er schroff zurück.
Hund Waldi wurde auf den Arm genommen. Waldhüter Wagenknecht stapfte auf und davon.
„Der hat bloß Angst", lachte Egon.
Und er selbst? „Eigentlich könnten wir die Ermittlungen hier abschließen, Alfons", sagte er zu seinem Kollegen.
Beide legten die Hand an die Mütze und gingen zu ihrem Streifenwagen.
„Bevor Sie uns jetzt noch erzählen, es war des Teufels Großmutter in Ihrem Auto, suchen wir den Dieb", rief Polizist Alfons zu Käpt'n Buddelmann zurück.
Des Teufels Großmutter! Der kleine grüne Drache war etwas verstimmt über diesen Vergleich, als ihm die drei davon erzählten. Niemand in seiner Familie hatte jemals

auch nur oberflächliche Verbindung zum Teufel gehabt. Und dessen Großmutter konnte er sich überhaupt nicht vorstellen.
„Wir auch nicht", amüsierte sich Jakob.
Während sich Onkel Berthold bemühte, das Auto wieder in Gang zu bringen. Was ihm nach zehn Minuten gelang.
Aber man mußte selbstverständlich langsam fahren. Denn irgendwo klapperte es.
„Alles in allem war es doch ein schöner Winterausflug", meinte Rabe Raps, als er mit dem kleinen grünen Drachen wieder in dessen Wald war.
Flitze Feuerzahn fand dies auch. Müde rollte er sich in seinem Nest zusammen. Es wurde jetzt früh dunkel. Und sobald ihm Rabe Raps gute Nacht gesagt hatte, schlief er auch schon ein.
„Ich war ein Drachenschlitten", sagte er dreimal stolz im Schlaf.